LES ARMÉNIENS

ET LA

QUESTION ARMÉNIENNE

CONFÉRENCE

FAITE PAR M. ANATOLE LEROY-BEAULIEU

MEMBRE DE L'INSTITUT

A l'Hôtel des Sociétés savantes

LE 9 JUIN 1896

SOUS LA PRÉSIDENCE DE M. LE COMTE DE MAS-LATRIE

MEMBRE DE L'INSTITUT

PARIS

IMPRIMERIE CLAMARON-GRAFF

57, Rue de Vaugirard, 57

M DCCC XCVI

Le 9 juin 1896 a eu lieu, dans la grande Salle de l'Hôtel des Sociétés savantes à Paris, la conférence de M. ANATOLE LEROY-BEAULIEU, sur « les Arméniens et la Question arménienne. »

Les invitations avaient été faites au nom de MM. Georges Picot, membre de l'Institut, Baron d'Avril, de Mas Latrie, Baron Carra de Vaux, Père Charmetant, M. Monnier et M. l'Abbé Pisani.

LES ARMÉNIENS

ET LA

QUESTION ARMÉNIENNE

Conférence faite par M. Anatole Leroy-Beaulieu

M. LE COMTE DE MAS-LATRIE, *président.* — Mesdames, Messieurs, la séance est ouverte. Une circonstance pénible empêche M. Georges Picot de présider cette séance ; vous y perdez un éloquent discours, mais vous entendrez, d'un orateur qui est un maître, des considérations d'un grand intérêt sur une question qui vous préoccupe tous. La parole est à M. Anatole Leroy-Beaulieu.

M. ANATOLE LEROY-BEAULIEU. — Mesdames et Messieurs, je dois vous parler d'un peuple malheureux, d'un peuple opprimé, je ne voudrais pas dire d'un peuple abandonné. Cela, pour moi, a toujours été un titre que d'être faible et délaissé. Dès ma jeunesse, je l'avoue, j'aimais à prendre le parti des opprimés : c'est là un travers qui n'est pas très fréquent, aussi j'espère que vous voudrez bien l'excuser.

Le peuple arménien, dont je dois vous entretenir, je le connais de longue date. J'ai voyagé en Orient, je ne dirai pas que j'ai parcouru l'Arménie, mais, j'en ai effleuré certaines parties, et, si je n'ai pu pénétrer jusqu'au cœur de ce mystérieux pays, c'est que j'ai été arrêté pris par la fièvre dans le Caucase, ce qui m'a forcé de modifier mes projets de voyage. J'ai donc là, en Orient, en Arménie même, fréquenté les Arméniens ; j'ai particulièrement visité leurs églises et leurs écoles ; j'ai vu là, Messieurs, combien l'influence de la France était grande chez eux et combien l'amour de la

France était encore vivant parmi eux. D'autre part, j'ai eu, à Paris, à l'Ecole des Sciences Politiques, depuis quinze ou vingt ans, de nombreux élèves arméniens et, lorsque ces jeunes gens sont venus me demander de parler à la France de leur pays, je n'ai pas cru devoir me dérober à ce que je regardais comme un devoir. (*Applaudissements*).

En parlant ici, devant vous, ce soir, sur cette douloureuse, sur cette lamentable question arménienne, je crois, en effet, Messieurs, remplir mon devoir de chrétien, mon devoir de Français, et j'ajouterai, mon devoir d'homme. (*Applaudissements*).

POURQUOI NOUS N'AVONS PAS GARDÉ LE SILENCE

Quelques personnes, je le sais, nous ont taxés d'imprudents, je dis « nous » en parlant des hommes éminents qui ont bien voulu prendre cette conférence sous leur patronage. On nous a dit que nous allions traiter, devant vous, d'un sujet qu'il valait mieux laisser dormir ; qu'il y avait des morts qu'il ne convenait pas de réveiller ; que notre langage pouvait être compromettant pour notre patrie ; que dans l'intérêt supérieur de la France, qui, pour nous, doit tout primer, il valait peut-être mieux nous taire. J'avoue, Messieurs, que je suis d'un avis absolument opposé. (*Applaudissements*).

Je ne crois pas qu'un grand pays comme la France, lorsqu'il se trouve en face de faits aussi émouvants, pour ne pas me servir d'une expression plus forte, — que ceux qui ont désolé et ensanglanté l'Arménie, je ne crois pas qu'une nation comme la France doive se taire, je n'admets pas que la France puisse rester muette. (*Applaudissements*).

J'ajouterai, Messieurs, que je ne pense pas que, en vous convoquant ici, ce soir, nous ayons rendu un mauvais service à notre gouvernement : tout au contraire. Je parle pour rassurer les gens timorés. Je suis convaincu, pour ma part, que, loin de créer des embarras à notre gouvernement, loin de gêner ou de paralyser sa politique, ce que nous faisons ici est beaucoup plus propre à renforcer son action, à lui donner plus d'autorité, le jour, certainement prochain, où il devra négocier, de nouveau, à propos de cette délicate question arménienne. Ce jour-là, notre gouvernement pourra dire qu'il a derrière lui l'opinion française, et ce sera une force pour lui, cela donnera plus de poids à son langage et à ses efforts en faveur des victimes du fanatisme musulman. (*Applaudissements*).

La France, Messieurs, notre vieille France a un grand héritage, et une partie de ce noble héritage, et non la moindre, c'est la place séculaire qu'elle a tenue en Orient. Cette place qui nous vaut une sorte de primauté, cette façon de patronat des chrétiens, et spécialement des catholiques, qui appartient à la France depuis des siècles, vous savez que des rivaux nous l'envient et, s'ils n'osent guère nous la contester en face, ils cherchent à nous la dérober. Or, Messieurs, si nous voulons la conserver, et, pour ma part, je crois que nous ne devons rien abandonner de ce qui a fait le patrimoine de la France dans l'histoire, si nous voulons garder ce rôle glorieux, cette espèce de primauté en Orient, nous devons nous en montrer dignes, nous devons rester fidèles à nous-mêmes, fidèles aux souvenirs de notre passé; nous ne devons pas oublier les chrétiens d'Orient, et chaque fois qu'ils nous font appel, chaque fois surtout qu'il se présente une occasion aussi impérieuse que celle-ci, c'est un devoir, pour nous, de parler et de faire entendre la voix de la France. Ainsi seulement nous maintiendrons son prestige. (*Applaudissements*).

Il y a une politique, Messieurs, que, pour ma part, je ne crois digne ni de la France, ni de l'Europe, ni du monde civilisé ; c'est ce que j'appellerai la politique de Pilate. Cette politique, hélas! c'est celle que certaines personnes voudraient nous imposer.

Cela dit, Messieurs, en toute loyauté, je ne voudrais pas me laisser aller, au début de cette conférence, à la véhémence des sentiments qui bouillonnent, en ce moment, dans mon cœur : je voudrais parler avec calme, avec mesure, de façon à n'inquiéter personne, ni parmi vous, ni au dehors. (*Applaudissements*).

Je ne veux être ici que l'avocat de la vérité et de l'humanité ; je veux éviter l'emphase et la déclamation. Je voudrais vous exposer, aussi brièvement et aussi simplement que possible, ce qu'est la question arménienne. C'est un sujet que je traite, dans mon cours des Sciences Politiques, depuis quinze ou vingt ans : il m'est donc assez familier, quelque complexe qu'il semble. Je ne pourrai vous en signaler que les principaux traits, mais je vais le faire avec conscience, vous demandant au besoin un petit effort d'attention.

CE QUE SONT LES ARMÉNIENS

Qu'est-ce que l'Arménie et qu'est-ce que les Arméniens ? L'Arménie, il faut bien le dire, est aujourd'hui une expression géographique ; c'est un vieux nom de pays que la géographie turque et
certains géographes européens, à la suite des Turcs, prétendent
biffer de la surface du globe. Et, Messieurs, ce n'est, hélas ! pas seulement le nom d'Arménie que l'on veut rayer de la carte, c'est la
nation arménienne elle-même. L'Arménie, je n'ai pas à vous en
faire la description géographique. Vous en avez tous au moins une
vague idée. C'est un pays qui a ce grave défaut, ce malheur, dirai-je,
de n'avoir pas de frontières bien définies, quoiqu'il ait, par sa
configuration et sa structure, une originalité et une homogénéité
incontestables.

L'Arménie est un grand plateau montagneux qui occupe la région
orientale de l'Asie-Mineure. Elle a cette infériorité, (d'où viennent
en partie ses malheurs séculaires et aussi les désastres qui l'ont
atteinte récemment), d'être un pays essentiellement continental,
placé au confluent des peuples et sur la voie de toutes les invasions :
c'est ce qui explique comment l'Arménie a été si souvent conquise,
assujettie dans l'histoire, quoique la robuste race arménienne, si
elle a pu être vaincue, n'a jamais pu être entièrement assimilée par
ses vainqueurs.(*Applaudissements*).

L'Arménie est un pays continental, isolé de nous dans ses montagnes ; c'est là une des difficultés de la question arménienne. Si
nous comparons l'Arménie à d'autres pays chrétiens, aux terres
grecques, par exemple, à la Crète, puisque la Crète fait parler
d'elle en ce moment, aux pays slaves même, comme la Dalmatie,
comme la Bulgarie, nous voyons que l'Arménie est d'un accès bien
autrement malaisé. Nous ne pouvons pas, nous autres Européens,
lui porter secours avec nos vaisseaux, en envoyant nos cuirassés
jeter l'ancre dans ses ports : elle n'a pour ainsi dire pas de ports.
C'est là, encore une fois, une des difficultés pratiques de la question
actuelle. Si l'Arménie avait une situation géographique plus favo-
rable, si ses montagnes baignaient leur pied dans la mer Noire ou

dans la Méditerranée, il serait beaucoup moins difficile à l'Europe de venir à son aide.

Que sont les Arméniens, Messieurs ? Les Arméniens sont un des peuples les plus anciens de l'histoire : il compte au moins 3000 ans d'existence, peut-être plus. Il a été longtemps indépendant, il a vu son autonomie plusieurs fois détruite ; il a essayé de la reconquérir ; il y a réussi plusieurs fois. Il a encore joué un grand rôle lors des Croisades, et, à cette glorieuse époque des Croisades, les Arméniens ont été, aucun de vous ne l'ignore, les alliés habituels des Français, si bien que c'est une maison de France, les Lusignan, qui a, la dernière, porté la couronne d'Arménie.

Combien sont les Arméniens ? A quel chiffre montent aujourd'hui les restes de cette antique et noble nation ? C'est un point sur lequel on n'est pas d'accord, par une bonne raison : la majorité des Arméniens vivent dans la Turquie, et, dans l'empire turc, il n'y a pas de statistique. Certains géographes, entre autres Élisée Reclus, pour ne nommer que le plus célèbre, paraissent avoir diminué outre mesure le nombre des Arméniens. D'après Reclus, ils seraient à peine 2 millions. Il est plus probable qu'ils sont 3 millions. Dans tous les cas, Messieurs, la question de nombre n'est pas tout : il y a des races qui jouent dans le monde un rôle fort supérieur à leur masse, à leur force numérique, et j'ose dire que les Arméniens sont de celles-là. Ils sont appelés à être en Orient, dans l'Asie occidentale, un des ferments du progrès. Comme le Grec dans la partie occidentale de l'Asie Mineure, l'Arménien dans la partie orientale représente le facteur le plus civilisé ou le plus civilisable de l'Orient. Si jamais la civilisation qui avait fleuri autrefois dans ces contrées reculées et qui, depuis les invasions musulmanes, en a disparu, si jamais la civilisation européenne, chrétienne, doit y refleurir de nouveau, ce sera en grande partie, soyez-en sûrs, grâce à cette virile race arménienne. (*Applaudissements.*)

Que sont les Arméniens, au point de vue de la race ? Ces questions de races sont de celles dont on se préoccupe beaucoup aujourd'hui ; je dirai que l'on y attache peut-être souvent trop d'importance. Tels de nos contemporains, parmi nous, sont disposés à n'attribuer la qualité d'homme qu'à ceux des descendants de notre père commun qui sont voisins de nous par la couleur de la peau, ou par la forme du crâne. J'avoue, quant à moi, qu'il me suffit de voir un homme pour reconnaître en lui un frère, à quelque race qu'il appartienne. (*Applaudissements.*) Je vais ici cependant me placer au point de vue de ceux qui exigent, d'une race humaine ou d'un peuple, des lettres de noblesse, avant de s'intéresser à lui. Que sont les Arméniens ? Les Arméniens appartiennent à la plus grande race de l'histoire. Ce ne sont, ni des noirs, ni des jaunes, ni des Touraniens, ni même des Sémites. Ce sont des Aryens. La chose a été contestée, mais je m'en tiens à ce qui me paraît l'opinion des savants les plus compétents. Les Arméniens, leur langue ne laisse guère de doute à ce sujet et leur type non plus, les Arméniens se rattachent, tout comme nous Français, à la race aryenne, à la grande race indo-européenne, à laquelle nous disons que l'empire du monde a été promis. Ils appartiennent au rameau iranien de cette race : par conséquent ils sont voisins des Persans. Peut être y a-t-il, chez eux, un certain alliage de sang sémite, mais quel est le peuple dont le sang est vierge de tout alliage ? Les races pures n'existent pas.

L'histoire des Arméniens, leur dispersion actuelle, leurs mœurs, leur aptitude au commerce, leur souplesse et leur ténacité, leurs qualités et leurs défauts, les ont souvent fait comparer à deux groupes ethniques, également illustres et également bien doués : les Grecs et les Juifs. On a dit que les Arméniens étaient les Juifs de l'Orient, que c'étaient des Juifs chrétiens. Cela est une comparaison ; si l'on veut, par là, faire allusion à leur capacité pour le commerce et pour les affaires, cette comparaison est justifiée : mais si l'on prend l'ensemble des conditions d'existence, l'on trouvera, que les Arméniens se rapprochent encore plus des Grecs que des Juifs. Ils ont, en effet, Messieurs, cet avantage sur les Juifs, au point de vue national, de n'avoir jamais été entièrement déracinés de leur pays natal. L'Arménien est encore aujourd'hui, en grande majorité, cultivateur, paysan ; il laboure encore le sol d'où il est sorti et dont il porte le nom.

Il n'y a pas, affirme-t-on, une province de l'Arménie où les Arméniens soient en majorité. Il faut bien dire que les provinces arméniennes ont été délimitées, découpées de façon à mettre l'élément chrétien, par suite l'élément arménien, en minorité. Puis il faut considérer que, au point de vue de la race, un grand nombre des hommes qui s'intitulent Turcs, parce qu'ils sont Musulmans, sont probablement, certainement même, de race arménienne. Toujours est-il que, en ne comptant comme Arméniens que les chrétiens, l'Islam ayant là comme partout étouffé tout sentiment national, ces Arméniens vivent encore, en grand nombre, dans leur pays natal et y exercent toutes les professions dont pouvaient vivre leurs ancêtres, il y a deux ou trois mille ans. Ils ne sont confinés dans aucun métier ; ils ne sont pas seulement paysans dans les campagnes, commerçants dans les villes, ils ont embrassé avec succès les professions les plus diverses. En Turquie, comme en Russie, les Arméniens ont fourni des hommes distingués à toutes les carrières, jusqu'à des hommes d'épée et des hommes d'état. Il y en a eu d'éminents dans ce siècle. Il en est un, par exemple, qui a longtemps été un des premiers acteurs de la politique égyptienne et que je n'ai pas besoin de nommer devant vous. Il en est d'autres qui ont également tenu les premiers rôles sur un théâtre plus vaste, l'empire russe : le fameux général Loris-Melikoff, qui a été, pendant quelques mois, le premier ministre, je pourrais même dire le dictateur de la Russie, à la fin du règne d'Alexandre II, Loris-Melikoff était un Arménien resté Arménien *(Applaudissements)*. Je crois donc, Messieurs, que l'on peut comparer les Arméniens aux Grecs, toujours avec cette différence : que, si leur dispersion égale et surpasse peut-être celle des Grecs, s'ils ont les mêmes capacités pour le commerce et les affaires, les Arméniens ont ce triste désavantage, vis-à-vis des Grecs, de n'avoir pas de centre national autonome. Cela, Messieurs, est manifestement une grande infériorité, mais on ne peut pas dire que l'Arménien en soit responsable.

LA RELIGION ET LES ÉGLISES ARMÉNIENNES

Comment s'est conservée cette forte race arménienne ? Elle s'est conservée par la religion. C'est un fait qui n'est pas unique en Orient. Il y a là un grand nombre de peuples, de tribus, dont la nationalité a pour ainsi dire été embaumée dans une Église. C'est l'histoire non seulement des Arméniens, mais celle des Grecs eux-mêmes ; c'est celle des Maronites en Syrie, celle des Coptes en Egypte ; c'est encore celle des Parsis dans l'Inde. En Orient, l'idée nationale et l'idée religieuse sont intimement unies ; elles sont comme tressées ensemble, si bien que, le plus souvent, il est impossible de les séparer l'une de l'autre. C'est pour cela, Messieurs, qu'aujourd'hui, on ne compte comme Arméniens que les chrétiens ; les Musulmans qui peuvent être de sang arménien, les Musulmans qui parfois parlent encore arménien, ne se considèrent plus comme appartenant à la nation arménienne. Mais c'est là un phénomène général en Orient. Je pourrais vous citer les Pomacs qui sont des Bulgares convertis à l'Islam et qui se regardent comme Turcs, ou encore les Begs, les Bosniaques musulmans qui sont en réalité des Serbes, n'ayant rien de turc, et qui s'intitulent Turcs parce qu'ils sont Musulmans. De même encore les Musulmans de Crète qui sont d'origine grecque et qui se disent Turcs, eux aussi. L'Islam a eu cet avantage ou cet inconvénient (à mon sens, c'est plutôt un défaut) de substituer, entièrement, chez les vrais croyants, l'idée religieuse à l'idée nationale. A l'inverse du christianisme, l'Islam a absorbé l'homme tout entier ; il est devenu la vraie, la seule patrie des sectateurs du Coran ; c'est pour cela, encore une fois, qu'aucun Musulman ne se considère comme Arménien.

A quelle Église appartiennent les Arméniens, Messieurs ? Et d'abord, y a-t-il des Arméniens orthodoxes ? Y a t-il des Arméniens de rite grec ? Je pose cette question, parce qu'il y a souvent, à cet égard, une confusion regrettable dans le public. J'ai rencontré des hommes, d'ailleurs instruits, qui s'imaginaient que les Arméniens étaient coreligionnaires des Grecs et des Russes. Non, Messieurs, les Arméniens ne sont pas des orthodoxes de rite grec ; cela est peut-être malheureux, pour eux, car s'ils étaient les coreligionnaires des Russes, la Russie se serait sans doute montrée moins patiente envers leurs persécuteurs. (*Applaudissements*).

Les Arméniens, si vous prenez le plus grand nombre d'entre eux, n'ont pas à proprement parler de coreligionnaires ; ils sont isolés dans le monde chrétien, et si cela, dans le passé, a pu contribuer à préserver leur nationalité, cela est peut-être devenu, pour eux, une cause de faiblesse. Ils appartiennent à une Église qu'on appelle simplement Église arménienne, ou encore la grande Église arménienne. En fait, la nation est divisée en trois tronçons très inégaux : il y a d'abord cette grande Église arménienne qui comprend plus des trois quarts, plus des quatre cinquièmes des Arméniens ; cette Église est aussi appelée grégorienne, du nom d'un de ses anciens patriarches, mais ce nom de grégoriens que leur donnent Grecs et Latins agrée peu aux Arméniens. Leur Église a un rite très ancien ; on prétend même que c'est le rite le plus ancien de tous. C'est à coup sûr le plus oriental ; à l'église arménienne, comme à la mosquée, on n'entre qu'en ôtant ses chaussures ou en les recouvrant de babouches. Les personnes ici présentes qui ont séjourné à Rome ont pu voir, dans quelques églises, à Saint-André Della Valle, par exemple, une sorte d'exposition ou de représentation des différentes liturgies de l'Orient. Eh bien, de l'avis général, la liturgie arménienne est la plus imposante, comme elle semble la plus ancienne.

Ces Arméniens dits grégoriens passent, généralement, auprès des Latins et des Grecs, pour monophysites, c'est-à-dire pour partisans d'une antique hérésie condamnée par le concile de Chalcédoine. Je dois dire, dans l'intérêt de la vérité, que j'ai souvent, moi-même, interrogé des évêques et des théologiens arméniens en Turquie et au Caucase, et qu'ils m'ont tous déclaré que c'était une calomnie, qu'ils n'étaient pas monophysites. Il est vrai qu'ils rejettent le concile de Chalcédoine, mais ils prétendent que, tout en rejetant le concile de Chalcédoine, ils ne professent pas l'hérésie condamnée par ce concile. Ils tiennent à ne pas être considérés comme hérétiques. Je vous cite ce fait, par acquit de conscience, ne croyant pas que vous attachiez une trop grande importance à ce que certaines personnes appellent, à tort sans doute, des subtilités théologiques. Ce qui est plus grave, c'est que l'Église arménienne est séparée des grandes Églises chrétiennes, coupée des antiques patriarcats de l'Orient, aussi bien que du grand tronc catholique. Cet isolement prolongé a pu tourner au détriment de la nation ; aussi je comprends qu'un certain nombre d'Arméniens se soient rapprochés de Rome et aient formé l'Église arménienne unie, dont je dirai quelques mots tout à l'heure.

La grande Église arménienne est aujourd'hui répartie inégalement, comme le peuple arménien lui-même, entre trois états principaux : la Russie, la Turquie et la Perse. Il y a, en Russie, environ 800.000 Arméniens. Le nombre de ces Arméniens russes a été fort accru par la dernière guerre d'Orient et le traité de Berlin. Ce qu'il faut surtout retenir, c'est que le chef de l'Église arménienne, qui résidait autrefois sur le territoire persan, se trouve aujourd'hui, sans avoir changé de résidence, du fait des conquêtes de la Russie, sur le territoire russe. L'aigle impériale héritée des Paléologue tient dans ses serres, depuis Nicolas Ier, la tète de l'antique Église arménienne. Le chef de cette Église porte le nom de Catholicos, il habite un couvent, le monastère d'Etchmiadzine, non loin des pentes légendaires du mont Ararat. Le Catholicos doit être choisi par une réunion de délégués arméniens des différentes communautés du globe, mais le Gouvernement russe s'est arrogé le droit de fixer les conditions de cette élection. Et non seulement, il s'est fait juge de la validité des pouvoirs conférés aux délégués arméniens pour l'élection de leur patriarche suprème, mais il s'est attribué le droit de choisir entre les deux candidats qui obtiennent le plus grand nombre de voix à cette sorte de conclave, de façon qu'en fait le Gouvernement russe se trouve maître de l'élection du chef de l'Église arménienne. C'est un peu, si l'on doit comparer les petites choses aux grandes, comme si, à Rome, le roi d'Italie prétendait réduire le conclave à nommer deux candidats à la tiare, pour réserver au gouvernement italien le choix du pape.

Telle est, en effet, la prérogative que s'est attribuée par ses statuts (*pologénia*) le gouvernement russe, et cette prérogative, il l'exerce en fait, comme en droit (1). D'ordinaire, il est vrai, le tsar choisit ou accepte le premier candidat présenté par les délégués arméniens, mais il est arrivé, au moins une fois, sous Alexandre II, que la Russie a donné la couronne de catholicos au second candidat et non au premier. Les Arméniens de Turquie ont protesté souvent contre ces statuts russes, contre ce qu'ils appellent le *pologénia*, mais, jusqu'à présent, ils n'ont pas voulu créer une espèce de schisme dans leur Église ; ils ont craint d'en déchirer l'unité en ne reconnaissant pas le catholicos d'Etchmiadzine. C'est pour cela que, tout en protestant contre les règlements russes, ils ont préféré se soumettre à l'ingérence de la Russie dans l'élection de leur Patriarche.

1. Voyez, sur le Catholicos arménien et ses relations avec le gouvernement impérial, l'*Empire des Tsars et les Russes*, t. III, 2e édit. Hachette, 1896.

Je passe, Messieurs, à la seconde Eglise arménienne, beaucoup moins nombreuse, mais qui nous intéresse particulièrement, nous autres Français, et surtout nous autres catholiques, puisqu'elle est unie à Rome. Ces Arméniens unis, combien sont-ils ? Je n'ose fixer de chiffre, tellement j'ai entendu varier, à cet égard, les uns disent moins de 100.000, d'autres 150.000, quelques-uns près de 200.000. Quoiqu'il en soit de leur nombre, ces Arméniens unis comprennent quelques-uns des hommes les plus riches, et aussi des plus intelligents, des plus cultivés de la nation arménienne. Beaucoup d'entre vous, assurément, sont allés à Venise, ils se rappellent l'île de Saint-Lazare et le beau couvent arménien qui flotte poétiquement sur la lagune, non loin du Lido. Ce couvent appartient à un ordre savant qui a rendu de grands services à l'Histoire, les Méchitaristes ; c'est un couvent d'Arméniens unis.

Les Arméniens unis, Messieurs, nous intéressent comme Français autant que comme catholiques, car, en qualité d'Orientaux unis à Rome, ou de catholiques du rite oriental, ils rentrent dans la clientèle de la France. Cela est si vrai, Messieurs, que c'est grâce à la diplomatie française, sous la Restauration, si je ne me trompe, que les Arméniens unis ont obtenu de la Porte d'être constitués, officiellement, en communauté autonome, indépendante des Arméniens dits grégoriens. De même, plus récemment, lorsqu'à la suite du concile du Vatican, il y a eu un schisme parmi les Arméniens unis, notre diplomatie n'est pas restée indifférente. Les schismatiques, analogues aux vieux-catholiques d'Allemagne ou de Suisse, se refusaient à reconnaître la définition de l'infaillibilité pontificale. Ils avaient à leur tête un certain Koupélian, adversaire de Mgr Hassoun. Comment ce schisme a-t-il pris fin ? Il a pris fin, certainement, grâce à la sagesse de la Cour pontificale, grâce surtout à la largeur d'esprit et à l'habileté du pape Léon XIII, déjà soucieux des choses d'Orient ; mais la diplomatie française n'a pas été étrangère au retour des dissidents en révolte contre Rome. Elle a travaillé, elle aussi, à reconstituer l'unité de cette petite Eglise arménienne unie, ce qui prouve bien qu'elle la considérait comme faisant partie de la clientèle politique de la France. (*Applaudissements*).

Je me permets d'insister sur ce point, Messieurs, parce que entre les victimes des massacres récents, il y a un certain nombre, un grand nombre même, relativement, de ces Arméniens unis, par conséquent, des clients de la France. C'est donc, pour nous, Français, une raison de plus de nous intéresser au sort des Arméniens, et une raison que n'ont pas la plupart des autres pays, que n'a pas, notamment, le gouvernement russe.

Il y a enfin, Messieurs, un troisième groupe moins nombreux et tout récent. C'est un groupe protestant de 60,000 âmes environ qui ont été converties par les missionnaires anglais et américains, car les missions américaines ont leur large part dans ce prosélytisme, et il serait injuste de n'y voir qu'une intrigue des Anglais.

Tous ces Arméniens, catholiques, grégoriens, protestants sont réunis par le sentiment national. Pendant longtemps, trop longtemps, ils ont été divisés, jaloux les uns des autres, mais ces dernières années les ont étroitement rapprochés par la communauté des aspirations et par la communauté des souffrances.

SITUATION ET GRIEFS DES ARMÉNIENS DE TURQUIE

Quelle est, Messieurs, la constitution des Arméniens dans l'empire turc et quels sont leurs griefs ? Les Arméniens, comme les autres communautés de Turquie, sont organisés en groupes confessionnels qui jouissent d'une certaine autonomie. Chacune de ces Eglises que je viens de vous dépeindre forme une communauté, « une nation », comme on dit en Turquie. Et, en effet, les Eglises orientales correspondent d'habitude à une nationalité. Chacune de ces communautés a ses droits, ses privilèges reconnus par le gouvernement turc, souvent depuis une époque ancienne. Ainsi en est-il de ce qu'on appelle la constitution arménienne. Si cette constitution arménienne avait toujours été respectée, la situation des Arméniens serait beaucoup meilleure qu'elle n'est. Vous savez tous que, dès l'origine, en prenant possession de Byzance, l'empereur Mahomet II octroya aux Grecs, c'est-à-dire aux orthodoxes, un certain nombre de droits et de privilèges, celui, entre autres, de vivre conformément à leurs lois, d'avoir leurs tribunaux, de conserver leur statut personnel. Les Arméniens ont obtenu les mêmes droits, les mêmes privilèges qui, malheureusement, ne sont pas toujours respectés.

Cette organisation par communauté religieuse, par Église, par nation, ayant chacune pour cadre une confession, est peut-être la meilleure que l'on puisse conseiller dans un pays comme la Turquie, où se rencontrent côte à côte tant de races diverses : pour que l'une ne soit pas opprimée par l'autre, le meilleur moyen est de leur accorder, à toutes, une sorte de statut autonome, et comme, encore une fois, la religion est généralement le cadre d'une nationalité, c'est sous la forme religieuse qu'il est le plus aisé d'attribuer aux différentes nations cette organisation autonome.

Il y a ainsi, Messieurs, chez les Arméniens de Turquie, plusieurs assemblées électives nationales, plusieurs conseils officiellement constitués. Il y a des conseils ecclésiastiques, des conseils laïques, des conseils mixtes. Malheureusement, la Porte dans ces dernières années, entraînée par le désir d'unifier et de centraliser, a cherché à supprimer les droits et privilèges accordés aux chrétiens. De là le juste mécontentement de ces derniers, menacés d'être dépouillés des droits dont la jouissance leur avait été solennellement garantie. Les Arméniens n'ont pas été seuls à s'inquiéter ; nous avons vu les Grecs, les orthodoxes, protester, s'agiter, eux aussi, à Constantinople même ; nous les avons vus, sous le règne du sultan actuel, fermer, pendant plusieurs semaines, leurs églises, afin d'obtenir de la Porte qu'elle revînt sur certaines mesures prises contre les communautés chrétiennes. Si j'insiste sur ces faits, c'est afin de vous montrer que les Arméniens, dont on accusait, dans ces temps derniers, l'esprit d'insubordination et de rébellion, ne sont pas les seuls qui se soient agités, parce qu'ils n'étaient pas les seuls qui avaient à se plaindre des procédés de la Porte.

Mais, Messieurs, les Arméniens ont malheureusement d'autres griefs, et ces griefs qui leur sont propres, s'expliquent par la situation des pays arméniens dont je vous parlais en débutant. Les provinces arméniennes de l'Orient sont les plus éloignées de la Capitale, les plus écartées des centres européens. Ce sont celles où les défauts de l'administration turque se font sentir le plus durement. Là, le vieil esprit de l'Islam règne en maître ; là, aucun contrôle, plus de justice pour les chrétiens ; la volonté du pacha est omnipotente, et non seulement la volonté du pacha ou du kaïmakam, mais souvent les caprices arbitraires du dernier Turc, du dernier Musulman, lorsqu'il se trouve en face de raïas ! *(Applaudissements.)* Puis, Messieurs, les Arméniens ont un autre malheur, malheur en partie géographique, en partie historique : ils ont des voisins peu commodes, et Dieu sait ce que c'est que d'avoir des voisins incommodes ! *(Rires.)*

Ils ont au sud, au sud-est, les Kurdes, au nord, les Lazes, au milieu d'eux, les Tcherkesses. Il suffit de prononcer le nom de Kurdes ou Kourdes pour savoir que l'on n'a pas affaire à un voisin facile à vivre. *(Rires.)*

Le Kourde a une réputation bien méritée, depuis des siècles, de sauvagerie. Ce qu'il y a de singulier, ce qui montre qu'il ne faut pas attacher trop d'importance à la race, c'est que, au point de vue de la race, le Kourde semble proche parent de l'Arménien. Mais il diffère de l'Arménien par tous les éléments de la civilisation : il diffère de lui par la religion : le Kourde est musulman ; il diffère de lui par le mode de vie : le Kourde est généralement nomade ; il diffère de lui par les instincts : le Kourde est violent et pillard. Pendant long-temps, il se permettait de prélever un impôt, un tribut à peu près officiel, sur les malheureux paysans arméniens. On a supprimé, en droit, cette faculté de lever tribut sur les chrétiens, mais le Kourde, qui ne connaît que la force, n'a pas cessé de prélever la dîme, et, quand je dis : « la dîme, » je me sers d'un mot honnête. *(Rires.)* Ce n'est pas seulement sur les biens, sur le bétail, sur les récoltes des paysans chrétiens que les Kourdes se permettent de lever tribut, c'est aussi sur leurs familles, sur leurs filles et leurs femmes. Rien de plus fréquent que l'enlèvement des jeunes filles, et rien de plus difficile en Turquie que d'obtenir justice contre ces rapts de jeunes chrétiennes. Le ravisseur a une réponse qui suffit à tout ; il déclare que la jeune fille enlevée par lui s'est faite volon-tairement musulmane, et au besoin il trouve des témoins pour affir-mer cette étrange conversion.

L'Arménien est obligé de se soumettre au joug du Kourde : il est désarmé, le Kourde est armé ; il n'a pas de tribunal auquel il puisse recourir, le Kourde a des amis, en qualité de musulman, dans toutes les cours de justice. Et l'ascendant des Kourdes et leur prépondérance n'ont fait que grandir dans ces dernières années ; le sultan Hamid a formé ces sauvages nomades en régiments de cavalerie, sorte de cosaques musulmans que, par une faveur spéciale, on appelle, du nom même du Sultan, la cavalerie Hamidié.

Ce n'est pas seulement le Kourde qui est un mauvais voisin pour l'Arménien, c'est le Laze aussi. Le Laze, qui est moins connu de nous, habite une étroite zone de terre entre Trébizonde et Batoum. Le traité de Berlin ayant cédé une partie du Lazistan aux Russes, les Lazes ont reflué sur les terres demeurées turques, et le Laze ne vaut guère mieux, pour les paisibles raïas, que le Kourde; il fait également ce qu'il peut pour vivre et pour s'engraisser aux dépens de ses voisins chrétiens.

Chose triste, Messieurs, les Arméniens ont, au cœur même de leur pays, une population plus sauvage encore que les Kourdes ou les Lazes; ils ont des voisins remuants installés chez eux, à une époque récente, de par les soins, de par les ordres du gouvernement turc. Je veux parler des Tcherkesses. Vous n'êtes pas sans avoir entendu parler des Tcherkesses ou Circassiens. Ils se sont rendus célèbres, autrefois, par leur longue résistance contre les Russes; très bons soldats, ou plutôt très rudes guerriers, ces Tcherkesses sont encore plus fameux par la beauté de leurs filles et de leurs femmes. C'est leur grande ressource et leur grande force; ces belles Circassiennes aux traits classiques, vous savez ce qu'ils en font; ils les vendent aux riches pachas; on pourrait dire que leur industrie nationale est l'élevage pour les harems. Ces Tcherkesses ne peuvent s'assujettir à la vie paisible, à un gouvernement régulier. C'est pour cela qu'ils ont tous quitté, successivement, le territoire russe pour se réfugier sur le territoire turc; et le gouvernement ottoman, désireux de renforcer l'élément musulman dans les contrées restées turques, leur a attribué des terres. C'est ainsi que nous avons vu des Tcherkesses transportés, non-seulement en Arménie, mais même en Europe. Il y en avait dans la Bulgarie, par exemple; on en a colonisé jusque près des Détroits, sur l'emplacement de l'ancienne Troade. Or, ces Tcherkesses ne vivent presque jamais que de déprédations; et comme leurs chefs ont, par leurs filles, des alliés dans le harem des pachas, jusqu'au palais du Sultan, ils peuvent se permettre impunément les plus coupables fantaisies. C'est donc, une calamité pour les Arméniens que d'avoir, parmi eux, des émigrés Tcherkesses, en plus de leurs anciens voisins, les Kourdes et les Lazes.

LE TRAITÉ DE BERLIN ET LES ARMÉNIENS

Les souffrances des Arméniens étaient déjà grandes avant la guerre de 1877 et 1878. Aussi, Messieurs, peut-on dire que les soldats du tsar ont été accueillis, comme des libérateurs, par les Arméniens d'Anatolie. Durant cette double campagne, dont vous vous rappelez les vicissitudes, les Russes avaient pris la précaution, pour se faire bien voir des habitants, de mettre à la tête de leurs armées des Arméniens d'origine. C'est ainsi que les troupes du tsar sont entrées dans l'Arménie turque sous le commandement d'un Lazaref, général russe d'ancienne famille arménienne, et sous celui du fameux Loris-Mélikoff dont je vous parlais tout à l'heure.

Les Russes, ainsi accueillis par les Arméniens, ne pouvaient les oublier lors de la conclusion de la paix. Aussi, la diplomatie impériale fit-elle insérer, dans le traité de San-Stefano, une clause concernant les Arméniens. Cette clause a été reproduite, presque textuellement, dans le traité de Berlin. Je tiens à vous en donner connaissance, parce que le traité de 1878 est, en quelque sorte, la charte de l'Orient. C'est sur cet article 61 du traité de Berlin, du traité qui porte la signature de l'Europe et de la Turquie, que doivent s'appuyer toutes les revendications faites par les Arméniens ou en faveur des Arméniens. Voici quel est le texte de l'article 61. Il n'est pas long, et vous allez voir, tout de suite, ce que, après l'horreur des massacres récents, il présente de tragique et de dérisoire à la simple lecture.

Article 61. — « La Sublime Porte s'engage à réaliser, sans plus de retard, — (sans plus de retard : il y a déjà 18 ans ! (*Rires*) — les améliorations et les réformes qu'exigent les besoins locaux dans les provinces habitées par les Arméniens. — (Vous remarquez que l'on ne veut pas se servir du mot : *Arménie* : on met ; les provinces habitées par les Arméniens), » — « et à garantir leur sécurité contre les Circassiens et les Kourdes. »

Garantir la sécurité des Arméniens contre les Circassiens et les Kourdes par qui on les a fait égorger ! cela ne vous paraît-il pas aujourd'hui d'une ironie cynique ?

Et enfin, Messieurs, vient une dernière phrase qui a une importance capitale, parce qu'elle montre bien que les négociateurs de Berlin se sont rendu compte d'un point essentiel : c'est que, si la Turquie n'était pas surveillée, la Turquie ne ferait rien. Voici la dernière phrase de cet article 61 :

« Elle (c'est la Sublime Porte) donnera connaissance périodiquement des mesures prises à cet effet, aux puissances qui en surveilleront l'application ».

Donc, Messieurs, la Sublime Porte devait exécuter sans retard des réformes, — « les réformes exigées par les besoins des populations » ; — elle devait en donner connaissance périodiquement aux puissances, et les puissances devaient en surveiller l'exécution. — Comme toutes ces promesses, comme tous ces engagements, si cruellement démentis, résonnent d'une manière lamentable à nos oreilles ! Qu'a fait la Turquie et qu'a fait l'Europe ? — Qu'a-t-on fait, Messieurs ? Il faut bien dire qu'on n'a rien fait. (*Rires*). Et une des raisons pour lesquelles on n'a rien fait, c'est précisément ce qu'avaient de vague les engagements pris par la Sublime Porte.

Les Arméniens, qui, en 1878, avaient des délégués à Berlin, avaient supplié le Congrès d'imposer à la Porte un certain nombre de réformes définies. Ils demandaient des gouverneurs chrétiens, ou au moins des sous-gouverneurs chrétiens à côté du *Vali*, du gouverneur musulman. Ils demandaient une gendarmerie avec des officiers étrangers, et Dieu sait combien les événements ont montré qu'une pareille précaution était justifiée ! Ils demandaient encore des tribunaux mixtes, en partie étrangers. Ce n'étaient pas là, somme toute, des exigences très ambitieuses. Il ne s'agissait là, remarquez-le, ni d'autonomie locale, ni de royaume arménien. Eh bien, les membres du Congrès de Berlin n'ont pas eu la sagesse d'introduire ces modestes réformes dans le grand acte international. Ils n'ont pas eu la prévoyance d'assurer, à ces chrétiens d'Arménie, les garanties justement réclamées pour d'autres sujets de la Porte.

Je crois, Messieurs, que ceux d'entre les négociateurs de Berlin qui survivent aujourd'hui peuvent en avoir des remords ; je crois qu'il doit en sentir le poids sur sa conscience, le chef actuel du cabinet britannique, lord Salisbury, qui a été un des principaux rédacteurs de l'instrument de Berlin, et qui, à ce moment, était un des moins bien disposés pour les Arméniens ; je crois que, comme lady Macbeth, il peut, dans ses nuits d'insomnie, regarder ses mains et se demander s'il n'y voit pas des taches de sang, — du sang des quarante ou cinquante mille Arméniens massacrés, grâce à l'imprévoyance et à l'incurie de la diplomatie! (*Triple salve d'applaudissements*).

L'EUROPE ET LE SULTAN

Qu'a fait l'Europe? L'Europe, il faut le dire, avait d'autres soucis que l'Arménie. Elle avait à régler toutes les questions orientales, affaires de Bulgarie, affaires de Bosnie, frontières de la Grèce, frontières du Monténégro. L'Europe se trouvait donc distraite. On comprend que, dans les premiers temps, obligée de s'occuper de tant de questions à la fois, elle ait un peu négligé les Arméniens,— l'Arménie est si loin!—L'Europe, pourtant n'est pas demeurée absolument inactive; les ambassades, à des heures intermittentes, ont plus d'une fois rappelé à la Porte ses engagements. Mais l'Europe a parlé avec mollesse, sans plan arrêté, et la Porte a fait la sourde oreille.

Il faut bien, Messieurs, se rendre compte des difficultés d'ordre intérieur, on pourrait même dire d'ordre intime, que rencontraient les réclamations de la diplomatie européenne à Constantinople et au Palais d'Yildiz-Kiosk. La Turquie est un pays autocratique. Le Sultan est tout, et cela est plus vrai d'Abdul-Hamid que d'aucun de ses prédécesseurs; car Abdul-Hamid a voulu concentrer tous les pouvoirs en ses mains, il a systématiquement annihilé ses grands vizirs et ses ministres; il a fait passer le gouvernement, de la Porte au Palais. Ce Sultan, qui a entrepris de régner par lui-même, qui a résolument accepté la lourde charge de gouverner un empire en décadence, je ne voudrais pas me montrer trop sévère envers lui, devant vous; à défaut d'autre majesté, je veux respecter en lui la faiblesse et le malheur. C'est, à bien des égards, un homme intelligent, c'est en tout cas ce qu'on appelle une personnalité, et cette personnalité, il faut la connaître pour apprécier les difficultés de la diplomatie en Orient, et aussi pour mesurer les conséquences de l'inaction ou de la mollesse de l'Europe dans la question arménienne.

Qu'est-ce que Abdul-Hamid? Est-ce un contemporain de la reine

Victoria, de l'empereur François-Joseph, ou de notre président, M. Faure ? Non, Messieurs ; j'oserai dire, en dépit du calendrier, que c'est plutôt un contemporain des Soliman, des Sélim ou des Philippe II. Si bien doué qu'il soit, il n'a rien de l'homme moderne, rien surtout de l'homme d'Occident. Il ne faut pas le juger comme un prince d'Europe, ce serait être injuste envers lui, et être aveugle envers ses sujets. Il n'a ni nos principes, ni nos sentiments, ni nos scrupules. Sur lui pèse outre le lourd héritage de la conquête ottomane, la façon dont lui est échue la couronne d'Othman. Comment est-il monté sur le trône ? Il est monté sur le trône à la suite d'une double révolution, et cette révolution faite successivement contre son oncle et contre son frère Mourad, aujourd'hui encore vivant et prisonnier, il n'en a jamais perdu le souvenir, il en est comme hanté, comme obsédé. Il vit, au fond de son palais, ainsi qu'on prétend que vivait Cromwell durant ses dernières années, dans des transes perpétuelles, craignant que son tour n'arrive, craignant, lui aussi, d'être déposé, voire d'être suicidé, comme l'a été son oncle Abdul-Aziz. *(Rires.)*

Abdul-Hamid a été porté au trône par le parti de la Jeune Turquie, c'est-à-dire le parti de ceux d'entre les Turcs qui voudraient rajeunir l'empire en imitant les institutions occidentales. Or, le Sultan a pris ce parti jeune-turc en haine ; il s'est attaqué à ses chefs ; il a oublié les services qu'ils avaient rendus à sa personne ; il les a fait condamner par des tribunaux dont l'indépendance était à tout le moins contestable ; il les a graciés pour les exiler aux extrémités de l'Arabie, dans des pays meurtriers dont aucun ne devait revenir, où ils sont tous morts, au bout de quelques mois, à commencer par Midhat-Pacha qui l'avait mis sur le trône.

Abdul-Hamid s'est donné comme politique de restaurer, en toutes choses, les influences islamiques. C'est une politique qui ne saurait étonner de la part d'un Turc et d'un Musulman ; on comprend qu'il soit tenté de chercher le salut de l'empire dans ce qui en a fait autrefois la force et la vigueur. Hamid s'est dit que, la puissance du Sultan ayant été abaissée sur les champs de bataille, il lui restait une chose pour la relever : le califat. Les Sultans de Constantinople, je n'ai pas besoin de vous le rappeler, sont à la fois princes temporels et princes spirituels. Ils se font gloire d'être, eux aussi, comme les califes de Bagdad, commandeurs des vrais croyants. Or, pendant longtemps, ils paraissaient faire prédominer la qualité de sultan sur celle de calife. Abdul-Hamid a fait le contraire ; Abdul-Hamid a voulu se montrer avant tout commandeur des croyants, avant tout calife. Il a retrouvé là une force nouvelle, un moyen de rajeunir et de retremper l'empire turc en lui rendant, dans tout le monde musulman, une influence qui est une force. Il a rêvé, à son tour, l'antique songe de l'Islam, la réunion de tous les Musulmans sous un seul maître. Abdul-Hamid est l'ami des marabouts ; il a longtemps rempli son palais de marabouts, et de marabouts d'Afrique, appartenant aux Zaouïas, les plus fanatiques, aux Khouans, les plus opposés aux Européens et aux Chrétiens.

A ce propos, il me revient une anecdote dont je ne garantis pas l'authenticité absolue, mais qui peut vous faire comprendre quel genre d'homme est le Sultan, au moins de quelle façon des gens qui vivent à Stamboul se représentent son entourage. Abdul-Hamid étant jeune avait fait la connaissance d'une jeune dame turque. Cette dame s'était éprise de sa beauté, et jalouse de gagner son cœur, elle avait été trouver un saint homme de marabout, pour lui fournir un philtre à faire aimer. Il faut dire que l'idée de sainteté dans l'Islam n'est pas tout à fait la même que dans le christianisme. Le saint homme de marabout vendit son philtre ; on le fit goûter à Hamid, le charme opéra : *(Rires)* le prince fit entrer la jeune femme dans son harem, et, en reconnaissance, celle-ci fit appeler le marabout qui lui avait procuré cet honneur. C'était un Africain, affilié à un des grands ordres de l'Islam. Il plut à Hamid, à qui il osa prédire le trône dont Hamid semblait écarté par son frère Mourad ; et quand la prédiction se réalisa, l'heureux marabout fit venir ses frères, ses beaux-frères, ses cousins d'Afrique, et ainsi se constitua, au Palais, un groupe de marabouts tellement influent que son ascendant, au moins pendant les premières années du règne d'Abdul-Hamid, a semblé dominer Yildiz-Kiosk. Un pareil Sultan, Messieurs, devait être évidemment mal disposé pour les revendications des chrétiens.

Abdul-Hamid, ai-je dit, s'est donné comme politique la restauration de l'Islam, et à cet effet, il est revenu sur les actes ou sur les tendances des sultans ses prédécesseurs. Avant lui, depuis Mahmoud surtout, les influences occidentales étaient souvent prépondérantes à la Porte ; avant lui, l'on tendait, si l'on peut ainsi parler, à occidentaliser, je dirai même à laïciser la Turquie, quoique le mot de laïcisation répugne à l'Islam. La Turquie, en effet, est une sorte de théocratie; bien plus, Messieurs, j'oserai dire que tout gouvernement musulman est une théocratie, par la bonne raison que le Coran est à la fois une loi civile et une loi religieuse. Donc, au rebours des conseillers de son père Abdul-Medjid et de son oncle Abdul-Aziz, Abdul-Hamid a travaillé à restaurer les influences islamiques; il a combattu ceux qui voulaient séculariser l'Etat. Par cela seul, il était mal disposé, et pour les influences occidentales, et pour les influences chrétiennes. Il était en quelque sorte captif des principes et des préjugés des vieux Turcs. On comprend, Messieurs, qu'un pareil prince ait été peu enclin à concéder aux raïas l'entière égalité avec les vrais croyants; qu'il lui répugnât, à plus forte raison, d'octroyer à des sujets chrétiens, comme les Arméniens, ce qui lui paraissait être des privilèges, ce qui, en tout cas, était une manière de les affranchir du joug arbitraire des Musulmans. Voulant s'appuyer, principalement ou exclusivement, sur les vrais croyants, le sultan ne voulait ni ne pouvait se les aliéner. Toujours anxieux de sa sécurité personnelle, toujours l'oreille aux aguets de crainte d'une révolution de Palais ou d'une insurrection de Stamboul, Hamid ne se sent même pas libre d'obtempérer aux représentations des puissances. Il n'a pas en lui-même une force ou une foi suffisante pour braver le mécontentement des derviches et des softas; il redoute moins les représentations de nos ambassadeurs que les colères des oulémas. Aussi comprend-on parfaitement qu'il ne fasse rien en faveur des chrétiens, — à moins qu'il n'y soit contraint par les puissances.

CE QU'ONT FAIT LES PUISSANCES

Qu'ont fait les puissances, Messieurs? Les puissances ont eu une politique dont je ne voudrais pas dire tout le mal que les chrétiens d'Orient semblent en droit d'en penser, parce qu'il faut bien reconnaître qu'elles rencontraient devant elles, des difficultés graves. La première cause de leur faiblesse et sinon de leur inaction, de leur insuccès, a été leurs divisions et leurs défiances réciproques. (*Applaudissements*).

Si vous regardez l'Arménie, vous voyez que les deux pays les plus directement intéressés dans la question arménienne, ceux qui paraissaient appelés à prendre l'initiative des négociations, c'étaient la Russie et l'Angleterre : l'Angleterre en vertu de la convention de Chypre de 1878, — la Russie parce qu'elle est la plus voisine des pays arméniens, parce qu'elle possède déjà une notable partie des terres arméniennes. Examinons, un instant, quelle a été, à cet égard, l'attitude des deux Etats.

Le gouvernement russe, sous l'empereur Alexandre III, avait d'autres soucis en Orient que l'Arménie. Rappelez-vous, Messieurs, la place prépondérante qu'a tenue, dans la politique russe, pendant une quinzaine d'années, la question bulgare. On pourrait dire que la Bulgarie absorbait l'activité de la diplomatie impériale sur le Bosphore. La Russie, irritée de ses déceptions du côté des Bulgares et de ses protégés des Balkans, semblait de nouveau s'être recueillie, comme après la guerre de Crimée. Elle posait en principe, en quelque façon, qu'elle ne s'occupait plus que de ses affaires intérieures. Elle avait, devant elle, la Triple Alliance qui dominait la politique continentale et, tout en voulant se tenir à l'écart de la Triple Alliance, la politique russe ne se hâtait pas d'agir dans un sens opposé. Elle se contentait en quelque sorte d'une inaction que les Anglais auraient pu traiter d'inaction magistrale. Et quand les victoires du Japon en Corée et en Chine la décidèrent à prendre une attitude nouvelle, à suivre une politique plus active, la diplomatie russe, engagée en Extrême-Orient, ne voulait pas que les affaires de Turquie vinssent la distraire des affaires de Chine.

Quant aux Anglais, leur situation était toute différente. Les Anglais se trouvent plus loin de l'Arménie géographiquement que les Russes, mais l'Anglais, vous le savez, est partout en même temps ; c'est le grand voyageur, pour qui le globe semble déjà trop petit. Puis, il y avait les missionnaires anglais d'Arménie, et il y avait la convention de Chypre. Cette convention de 1878 a une importance capitale dans la question. Les Anglais, lorsqu'ils se sont fait donner Chypre par les Turcs, lorsque, selon un mot de M. Gladstone, ils ont filouté Chypre à la Turquie (*Hires*), les Anglais ont conclu un traité par lequel en se faisant concéder le droit d'occuper l'île de Chypre, ils donnaient, en revanche, au Sultan leur garantie pour les terres restées soumises à la Turquie en Asie-Mineure. L'Angleterre, ainsi devenue la garante de la Porte pour ses provinces d'Asie, ne pouvait se désintéresser du sort des habitants chrétiens de ces pays asiatiques. Les deux choses se trouvaient liées, le traité de 1878 lui donnait en quelque sorte charge d'âmes. Ainsi s'explique comment la diplomatie anglaise a figuré au premier rang dans toute la question arménienne. C'était devenu pour elle un devoir, j'oserai dire un devoir strict. Sans cela, il eût été trop clair que l'acquisition de Chypre n'avait été, pour elle, qu'un avantage sans charge, qu'une combinaison égoïste d'un politique cynique.

Je touche ici un point délicat. Je ne voudrais froisser personne ; je ne voudrais surtout être injuste envers aucune nation, envers aucun gouvernement. Rien ne me répugne comme de sembler fomenter les antipathies et les méfiances nationales : mais, enfin, nous sommes ici pour étudier les faits, et nous ne devons à tous que la vérité. Or, force nous est de le reconnaître, l'Angleterre n'a pas été heureuse dans la manière dont elle a fait valoir les titres des Arméniens. Et cet insuccès prolongé de la diplomatie britannique en Arménie s'explique par les défiances qu'avait suscitées, chez les différents cabinets, l'attitude de l'Angleterre en d'autres questions, et souvent dans des questions orientales. On se rappelait à Pétersbourg, à Berlin, à Paris même, quels avaient été les procédés de l'Angleterre dans l'île de Chypre, quels étaient ses agissements en Égypte, quelles sont, aujourd'hui encore, ses manières de faire au Soudan, sans parler des témérités ou des incorrections de ses agents au Transvaal. La politique anglaise était suspecte, et lorsqu'elle venait soutenir les droits des Arméniens à la protection des puissances, les autres Gouvernements, spécialement le Gouvernement russe, étaient portés à soupçonner l'Angleterre de machiner quelque nouveau coup, quelque nouvelle surprise, quelque nouvelle occupation d'un territoire ottoman.

Ces soupçons, Messieurs, étaient-ils mérités ? J'avoue que, pour ma part, je les crois à tout le moins exagérés ; mais, fondés ou non, il est certain qu'ils ont eu une influence considérable, une influence néfaste sur la tournure des affaires arméniennes. Les Arméniens ont été, en grande partie, les victimes, sinon de la politique anglaise, du moins des suspicions entretenues par les pratiques anciennes ou récentes de la politique anglaise. Les Arméniens ont pâti du peu de scrupules des Anglais aux bords du Nil ou sur les plateaux de l'Afrique du Sud ; ils ont payé pour les fautes de leurs patrons britanniques en d'autres continents ou d'autres hémisphères.

Dirons-nous, pour cela, Messieurs, que les Anglais n'avaient dans la question arménienne que des vues intéressées ? Non, Messieurs. Je suis convaincu, quant à moi, que ce serait là une injustice. L'Anglais a beau nous sembler tout d'une pièce, l'Anglais est un homme plus compliqué qu'on ne le suppose souvent. En général, Messieurs, les hommes et les peuples sont complexes, ils n'obéissent pas uniquement à une seule impulsion, à un seul mobile. On dit parfois, en France, que l'Allemand est double, qu'il a deux cerveaux, ou si vous aimez mieux, que les deux hémisphères de son cerveau ne sont pas toujours d'accord ; que, par l'un, il est idéaliste et, par l'autre, éminemment pratique, par l'un, spéculatif, par l'autre, très positif. Si cela est vrai de l'Allemand, et nous en avons fait la dure expérience, je dirai, par analogie, de l'Anglais, qu'il a, en quelque sorte, deux cœurs, ou, si vous préférez, que les deux ventricules de son cœur ne battent pas pour le même objet : il y en a un qui bat pour la liberté des peuples, qui bat pour la religion chrétienne, pour l'humanité, pour le droit ; et puis il y en a un autre qui bat pour le commerce britannique *(Rires)*, pour la route des Indes, que dirai-je encore ? pour les cotonnades de Manchester *(Rires)*. Et quand ces deux cœurs ne se trouvent pas d'accord, eh bien ! d'habitude, c'est la route des Indes et ce sont les cotonnades de Manchester qui l'emportent. *(Hilarité générale)*.

Mais, Messieurs, cela n'empêche pas qu'il y ait souvent une certaine... je dirai même une réelle sincérité dans les démonstrations humanitaires et les professions de foi libérales des Anglais *(Applaudissements)*.

Un peuple, encore une fois, est toujours chose complexe, il se compose de multitudes qui ne sentent pas, qui ne pensent pas toujours de même. Il y a, chez les Anglais d'aujourd'hui, un grand nombre d'esprits vraiment préoccupés des intérêts de l'humanité, vraiment soucieux des droits de la conscience et des droits de la liberté. L'Anglais contemporain a, lui aussi, ses bouffées de sentimentalisme ; il est fort capable, lorsque les intérêts de la Grande-Bretagne ne sont pas en jeu, de s'échauffer pour une idée ; et les gouvernements britanniques doivent compter avec cette disposition

Une chose qu'il nous faut remarquer, pour être juste envers

tout le monde, — et nous devons bien cette justice aux Anglais, c'est que les hommes qui ont pris en main les revendications arméniennes en Angleterre ne sont pas les plus enclins à ce qu'on appelle la politique impériale; ce ne sont pas les élèves de lord Beaconsfield, par exemple, ce ne sont pas les conservateurs, les tories, toujours prêts à étendre la main sur de nouveaux territoires; non, ce sont, au contraire, ceux qui se sont montrés les moins soucieux d'accroître, par la force ou par la ruse, l'Empire britannique, — ce sont les libéraux. Il y a un homme, entre autres, dont il ne nous est guère permis de suspecter la sincérité : cet homme, c'est M. Gladstone *(Applaudissements)*, c'est celui que les Anglais appellent le *grand old man.* Il faut se rappeler, Messieurs, que Gladstone n'a pas été de ceux qui considèrent la liberté des peuples comme une simple réclame électorale, ou comme un article d'exportation. Il faut se rappeler qu'il a fait, à la cause de la liberté et de l'affranchissement des peuples, le plus grand sacrifice que puisse faire un Anglais, un sacrifice que nombre de ses compatriotes ne lui ont pas encore pardonné; qu'il ne s'est pas contenté de se faire le champion des Orientaux, des Grecs, des Bulgares, des Monténégrins, des Arméniens, mais qu'il a osé demander à l'Angleterre de rendre justice à l'Irlande, la vieille opprimée par la grande île britannique. Quand on a proposé de restituer l'autonomie aux Irlandais, il est bien permis de parler des Arméniens ou des Grecs. Il y a donc, Messieurs, des Anglais, à commencer par M. Gladstone et par la plupart de ses amis du parti libéral, par M. Bryce, par exemple, que nous n'avons pas le droit de soupçonner d'instincts égoïstes, lorsqu'ils viennent défendre, devant l'Europe, la cause des Arméniens *(Applaudissements).*

L'AGITATION ARMÉNIENNE

Que devenaient les Arméniens, Messieurs, pendant que l'Europe soulevait pour les laisser tomber, ces négociations, toujours traînantes, dans le détail desquelles nous ne pouvons entrer; pendant que la Turquie répondait aux molles représentations des ambassades par les procédés dilatoires, toujours en honneur à la Sublime Porte ?

Les Arméniens, Messieurs, ils continuaient à souffrir; ils continuaient à être molestés et pillés par les Kourdes, par les Lazes, par les Tcherkesses. Quoi d'étonnant si les plus malheureux ou si les plus hardis d'entre ces Arméniens se sont lassés de toujours attendre en vain le salut de la diplomatie européenne? si, après des années de patience et de déception, ils ont osé élever la voix vers leurs frères chrétiens d'Occident et tenté de stimuler un peu cette paresseuse diplomatie européenne, si lente à venir à leur secours?

Ils se sont demandé, ces Arméniens, s'ils ne pourraient pas emprunter ses procédés d'action à l'Europe, à l'Occident, dont un grand nombre d'entre eux sont les hôtes et les disciples. Et c'est ainsi, Messieurs, que des groupes d'Arméniens ont commencé à essayer, eux aussi, d'une agitation à l'européenne. On le leur a durement reproché. Je préférerais, peut-être, pour ma part, qu'ils ne l'eussent pas tenté, qu'ils eussent eu l'héroïsme de souffrir en silence; mais enfin, il faut se mettre à leur place : on ne faisait rien pour eux; ils avaient eu recours à la diplomatie et la diplomatie les abandonnait; ils avaient eu recours au Palais, et le Palais leur répondait par des menaces ou par la prison. Seuls entre tous les chrétiens d'Orient, ils n'avaient pas même le droit d'invoquer le traité de Berlin. Aux heures les moins sombres de ces dix-huit dernières années, ils n'ont reçu que de vaines promesses, rapidement démenties par les faits; faut-il leur faire un crime d'avoir voulu s'aider eux-mêmes? Ils ont voulu tenter ce qui avait réussi à d'autres, ils ont fondé des comités en Turquie et en Occident, en Angleterre, peut-être même à Paris; ils ont créé des journaux; ils ont essayé d'une propagande à la fois au dedans et au dehors de l'Empire.

De ce jour, Messieurs, ils ont été traités de révolutionnaires. Nombre de ceux qui n'avaient pas su leur prêter appui les ont déclarés indignes de toute aide. Les violences, dont ils étaient les victimes, ont paru légitimes à nombre d'Européens, parce que, prises contre des artisans de désordre et de révolution. Ces Arméniens, longtemps réputés le peuple le plus doux, le plus paisible de l'Orient, on a prétendu qu'ils étaient affidés aux sociétés révolutionnaires, on a dit qu'ils étaient devenus anarchistes, nihilistes. Qu'en est-il, Messieurs? Si quelques Arméniens se sont égarés dans les sectes nihilistes ou anarchistes, ils sont certainement fort peu nombreux, d'autant que, généralement, la première doctrine de toutes ces sectes extrêmes, c'est l'internationalisme, et avec l'internationalisme, l'athéisme, par suite l'indifférence à toute oppression religieuse ou nationale. Les chrétiens d'Arménie ne pouvaient attendre des anarchistes un appui bien efficace. Ce qu'ont fait les Arméniens, en réalité, Messieurs, le grand effort et le grand crime de leurs comités, c'est d'avoir cherché à réveiller l'esprit national parmi leurs coreligionnaires, d'avoir stimulé le zèle de leur clergé et de leurs représentants officiels vis-à-vis de la Porte. C'est ainsi qu'on a vu, après quinze ans d'attente vaine et d'inutiles recours à l'Europe ou au Sultan, de petites émeutes arméniennes, ce qu'on appelle la grande émeute de Top-Capou, à Constantinople ; c'est ainsi que, au fond même des provinces, Erzeroum et quelques autres villes d'Anatolie ont assisté, pour la première fois, à des démonstrations que les Musulmans ont jugées provocantes.

Messieurs, si les Arméniens ont commis une imprudence, s'il sont eu le tort grave d'oublier que, n'ayant ni la force, ni l'autorité, ils devaient se garder de tout ce qui pouvait irriter leurs maîtres, avouez qu'ils en ont été durement punis ! Comment a-t-on répondu à ces tentatives d'agitation, qui, après tout, avaient moins en vue d'effrayer la Porte que d'émouvoir l'Europe ? Et pourquoi garder si longue rancune aux Arméniens de ce qu'on a si souvent pardonné à d'autres ? Car, quel est le peuple de l'Orient qui n'a pas cherché à remuer l'opinion de l'Europe, afin de décider la diplomatie à lui prêter secours ? Sont-ce les Grecs ? Sont-ce les Serbes ou les Bosniaques ? Sont-ce les Bulgares ? Sont-ce enfin les Crétois qui s'insurgent tous les 10 ou 15 ans ? A le bien prendre, les Arméniens ont encore été, de toutes les nationalités de l'Orient, la plus patiente, la plus endurante, on disait jadis, quand ils supportaient tout sans se plaindre, la plus avilie. Et le jour où ils s'enhardissent jusqu'à se montrer las de l'oppression, le jour où ils osent faire mine d'essayer de se défendre, on les traite de révolutionnaires, d'insurgés contre qui tout est permis !

LES MASSACRES

J'arrive ainsi à ces tristes massacres sur l'horreur desquels je me ferais scrupule d'appesantir votre attention. Hélas ! Messieurs, l'histoire n'a jamais enregistré, je dirai plus, le soleil lui-même, le soleil que personne, selon Virgile, n'oserait accuser de fausseté, n'a peut-être jamais vu, sur notre triste globe ensanglanté par tant de crimes, un spectacle aussi effroyable que celui qui s'est déroulé, durant des semaines et des mois, sur les plateaux de l'Anatolie orientale *(Applaudissements)*.

Par combien de milliers, et de dizaines de milliers, faut-il compter les victimes ? Voilà le lamentable problème qui se pose devant l'Europe. Ces massacres, Messieurs, on a longtemps osé les traiter de fables. Plût à Dieu que tout ce sang chrétien n'eût pas coulé ! Mais la vérité, l'affreuse vérité, s'est fait jour. Vous avez dans les mains un résumé de ces horreurs, un tableau officiel des massacres, rédigé avec les documents fournis par les ambassades de Constantinople, et qui a été publié en France par les soins d'un homme de cœur, le Révérend Père Charmetant *(Longue salve d'applaudissements)* (1).

Vous me permettrez, Messieurs, de proclamer ici, bien haut — et en cela je ne suis que votre interprète — qu'en publiant ces documents, comme en entamant une campagne au profit de ces victimes de la barbarie asiatique, le Père Charmetant, l'Œuvre des Écoles d'Orient, nos missionnaires, en général, ont rendu un service signalé, non seulement aux chrétiens d'Arménie, mais à l'Europe, mais à la France, mais à la civilisation ! *(Vifs applaudissements)*.

Je ne vous ferai pas, Messieurs, le tableau, l'épouvantable tableau, des supplices variés, des supplices raffinés, imaginés par ces barbares de l'Orient : des hommes, des femmes, des enfants brûlés vifs ou écorchés vifs ; des chrétiens étendus en croix, par une dérision

---

(1) Voyez le *Martyrologe Arménien* du R.-P. Charmetant, brochure qui se vend au profit de la souscription pour les Arméniens, au bureau des Œuvres d'Orient, 20, rue du Regard, à Paris.

sacrilège du supplice du Christ, et à qui on inflige des tortures encore plus effroyables que celles du Calvaire, à qui on coupe les oreilles, le nez, les lèvres, les mains, les bras, descendant ainsi, le long du corps, avec des raffinements d'obscène barbarie ! Non, Messieurs, ce sont là des spectacles dont l'idée seule m'est trop pénible pour que j'aie le courage d'y arrêter vos yeux.

Mais il y a une question que nous n'avons pas le droit d'éluder, c'est celle-ci : Qui est reponsable de ces massacres ? Qui doit rendre compte, à Dieu et aux hommes, de ces trente, quarante mille, cinquante mille victimes, cent mille peut-être ? Je n'oserais dire que ce soit le gouvernement turc ; je n'oserais dire surtout, comme certains, que ce soit le sultan. Non, Messieurs, je ne veux pas croire, je ne peux pas croire, quant à moi, que le Sultan ait pu donner un ordre pareil ; je ne saurais admettre que, ni de la Porte, ni du Palais, il soit parti un édit enjoignant aux gouverneurs d'exterminer ainsi cette race arménienne. Mais ce que je sais, Messieurs, ce qui ressort de tous les récits des témoins, c'est que cela a été fait de propos délibéré, sur un signal des autorités ; c'est que, s'il n'y a pas eu d'ordre donné de Stamboul ou d'Yildiz-Kiosk, on a su, au fond de l'Anatolie, qu'on serait agréable en massacrant *(Applaudissements)*.

Et, si nous prenons l'histoire qui, en dépit de ses détracteurs, est encore bonne à enseigner quelque chose, car le passé est souvent l'explication du présent, que nous dit l'histoire ? C'est que le massacre est un des procédés habituels, je ne dirai pas de la politique turque, je ne dirai pas de la politique musulmane (je veux ménager ici Turcs et Musulmans), je dirai : de la politique orientale. Il n'y a pas besoin d'être érudit pour être en état d'énumérer, devant vous, de grands massacres de chrétiens, dans ce même Orient, au cours même de ce dix-neuvième siècle qui aurait cru que l'âge de pareilles horreurs était passé. Nous avons eu, lors de l'insurrection de la Grèce, les massacres des îles, le célèbre massacre de Chio, illustré par les vers de nos poètes et par le pinceau de nos artistes. Qui ne sait que de cent mille habitants qu'avait Chio la veille, il ne lui en restait plus qu'un dixième le lendemain ! *(Applaudissements)*.

Nous avons eu en 1860 le massacre du Liban, où notre drapeau tricolore eut l'honneur d'abriter sous ses plis les chrétiens de Syrie. Ce qu'a fait la France, en 1860, avec son désintéressement traditionnel, il ne se trouve, hélas! aucune nation pour le refaire aujourd'hui. J'ai moi-même visité la Syrie (c'était mon premier voyage en Orient), peu d'années après le massacre. Je me rappelle avoir couché sous la tente, dans des bourgades telles que Hasbeya et Racheya, où il ne restait plus de vivant que des femmes et de tout petits enfants. Les hommes avaient été exterminés jusqu'au dernier. Les Druses n'avaient respecté que les femmes. Les Arméniens ont été plus malheureux et leurs bourreaux plus cruels : les femmes arméniennes ont été le plus souvent massacrées, elles aussi, après d'indignes outrages, quand elles n'étaient pas réservées à l'odieuse servitude du harem.

Enfin, Messieurs, à une époque moins éloignée, nous avons eu les massacres de Bulgarie, qui ont été une des causes de la dernière guerre d'Orient; et entre ces massacres et ceux d'Arménie, bien que le nombre des victimes bulgares fut incomparablement moindre, je trouve plus d'une ressemblance. De même que, dans notre presse mal informée, on a nié d'abord la réalité des massacres d'Arménie, il s'était trouvé, il y a vingt ans, des politiques et des journalistes — en France comme en Angleterre — pour prétendre que les massacres de Bulgarie n'étaient qu'une invention de la politique russe, une manœuvre des panslavistes jaloux d'émouvoir l'Europe et de discréditer la Turquie ; les moins sceptiques disaient un coup prémédité de quelques Bulgares, heureux de se faire égorger au pied des Balkans pour attirer sur eux les regards de l'Europe. N'est-ce pas encore ce que quelques nouvellistes ont osé dire des Arméniens, accusés d'avoir monté un massacre, afin de se rendre intéressants, et de donner à M. Gladstone l'occasion de rééditer ses « Atrocités bulgares? » Et pour achever la ressemblance, s'il m'est permis de me citer moi-même en témoin, je pourrais dire que, dans la presse française, dans les grandes revues parisiennes, lorsque j'osai soutenir la réalité et l'authenticité des atrocités bulgares et réclamer la punition de pareils forfaits, je me trouvai presque isolé *(Applaudissements)*.

Mais, Messieurs, l'Orient a d'autres souvenirs, l'Orient a d'autres leçons. Est-ce seulement les chrétiens qui ont le privilège d'être victimes des massacres dans l'empire turc? Nullement, le massacre n'est pas réservé aux raïas; c'est une méthode expéditive que, à l'occasion, on applique aussi aux vrais croyants. Il y en a deux exemples célèbres, et tous deux dans ce siècle : les Janissaires et les Mamelouks. J'ai vu moi-même, à Stamboul, sur la place de l'At-Meïdan, l'ancien cirque de Byzance, j'ai vu l'endroit où furent mitraillés, par le sultan Mahmoud, les derniers Janissaires, et on m'a montré, dans la citadelle du Caire, la place où Méhémet-Ali donna l'ordre d'égorger les Mamelouks. Voilà les procédés de la politique orientale ! et après cela, Messieurs, étonnez-vous du massacre des Arméniens !

LES RESPONSABILITÉS

Quel est, Messieurs, le grand coupable ? Qui, encore une fois, est responsable ?

UN ASSISTANT. — C'est le Sultan !

M. A. LEROY-BEAULIEU. — Non, Messieurs ; je n'ose, quant à moi, faire remonter la responsabilité de ces forfaits jusqu'au pâle souverain qui vit cloîtré au fond de son palais : il me suffit d'affirmer que ceux qui ont donné le signal des massacres ont cru être agréables au Palais. Au lieu de mettre en cause la personne du Sultan, j'aime mieux incriminer la politique orientale et le fanatisme musulman. Et encore, s'il y a des Musulmans ici, je ne voudrais pas les froisser dans leur sentiment religieux. Je veux bien admettre que le massacre n'est pas dans l'esprit du Coran, mais ce que je sais, c'est que, malheureusement, le Coran est ainsi entendu, encore aujourd'hui, par les masses musulmanes, trop souvent même par les ulémas ; et si le vrai coupable n'est pas le fanatisme, c'est toujours la haine et la jalousie du chrétien, les haines religieuses se confondant ici avec les haines de races.

Je pourrais vous citer, à ce propos, Messieurs, une anecdote qui peint l'état des esprits, et que j'ai lieu de croire authentique. Cela se passait à l'ambassade de France, à Constantinople, durant les massacres d'Anatolie. Un kawas (vous savez ce qu'est un kawas : une sorte de garde, de suisse laïque, si vous voulez, qui précède les personnages de distinction dans leurs promenades à travers les villes) un kawas disait à une religieuse française : « Ma sœur, on coupe, là-bas, on coupe. — Comment, répondait la sœur, on coupe ?... — Mais oui, on coupe des têtes de chrétiens. »

Et comme la sœur faisait un signe d'horreur, le kawas reprit :
« Il y en a trop de ces chrétiens, et ils tiennent trop de place! »
Voilà, Messieurs, qu'ils aient été spontanés ou qu'ils aient eu lieu
par ordre, voilà quelle a été vraiment l'inspiration des massacres :
Il y a trop de chrétiens, et ces chrétiens deviennent trop impor-
tants ! Si le raïa chrétien se contentait, comme autrefois, de toujours courber le dos sous la baguette du Musulman, sous la cour-
bache du maître, on tolèrerait plus facilement sa présence; mais,
quand le chrétien veut se redresser, quand il devient le rival du
Musulman, quand par son travail, par sa science, par son industrie,
par sa richesse, il l'emporte sur les vrais croyants, alors, Messieurs, une sorte de colère, de jalousie furieuse monte au cœur de
Musulmans jusque là paisibles, jusque là tolérants, et on arrive
aux massacres, on se débarrasse de ces compétiteurs incommodes
en les exterminant. Faute d'autre instrument, la suprématie de
l'Islam s'affirme par le sabre *(Applaudissements.)*

Et la grande difficulté, en pareil cas, remarquez-le bien, c'est que,
pour faire cesser la tuerie, on est obligé d'avoir recours à des soldats, à des officiers musulmans dont la plupart ont au cœur les
mêmes sentiments, les mêmes haines que les égorgeurs, et c'est
ainsi que nous avons vu ce triste phénomène, des bourgades, des
villes, qui se réjouissaient de l'arrivée des soldats, qui croyaient
qu'elles allaient être délivrées par les troupes régulières et qui,
au contraire, ont vu ces hommes, envoyés soi-disant à leur
secours, les massacrer, les mitrailler en masse !

Et que ce soit bien le fanatisme, ou, ce qui revient au même, la
haine du chrétien, envisagé comme l'ennemi national, religion et
nationalité ne faisant qu'un pour les Musulmans, nous en avons,
Messieurs, une autre preuve : c'est que les Arméniens n'ont pas
été les seules victimes. Il y a eu, parmi les morts, des centaines,
sinon des milliers d'autres chrétiens de différents rites. J'ai reçu,
il y a peu de jours, la visite d'un prêtre oriental, d'un prêtre syrien
qui m'affirmait qu'un grand nombre de ses coreligionnaires syriens
et de ses voisins chaldéens, deux des plus anciennes communautés
chrétiennes de l'Orient, avaient été massacrés par les Musulmans.
Ce récit du vénérable ecclésiastique, nombre de documents sont
venus le confirmer.

Et une autre preuve encore que le fanatisme n'a pas été étranger aux fureurs des bourreaux, c'est que, dans beaucoup de localités, on a donné le choix aux victimes entre la mort et l'apostasie. Le cimeterre est redevenu le grand missionnaire du Prophète. Il faut dire, Messieurs, à leur insigne honneur, que le plus grand nombre de ces chrétiens d'Asie ont préféré la mort (Applaudissements).

C'est bien, comme l'a appelé le révérend Père Charmetant, un martyrologe que la liste des victimes que vous trouverez dans ces pages; et j'avoue, quant à moi, que je ne saurais être bien sévère pour les malheureux paysans qui, lorsqu'on leur a mis le couteau sous la gorge, se sont décidés à s'avouer musulmans ; encore beaucoup ne l'ont-ils fait que pour sauver l'honneur de leurs femmes et de leurs filles. Je me demande si, dans nos villages français, si, dans nos villages européens, en général, il se serait trouvé, en présence d'une telle alternative, autant d'âmes héroïques que dans les sauvages vallées d'Arménie ! (Applaudissements).

Ces hommes, ces femmes, ces villages entiers qui se sont ainsi convertis, sous le coup de la terreur, extérieurement, à l'Islam, que sont-ils devenus, Messieurs? Va-t-il leur être permis de revenir à la foi chrétienne ? Non. C'est un des aspects les plus tristes de cette complexe et lamentable question arménienne. Il y a, en Arménie, des milliers de familles dont les membres, égarés par l'épouvante, ont accepté nominalement l'Islam, qui veulent aujourd'hui revenir à la foi chrétienne, et que, de par la loi de l'empire qui est celle du Coran, on prétend considérer toujours comme des Musulmans, leur annonçant que, s'ils viennent à quitter l'Islam, ils se vouent à la mort. Voilà, Messieurs, ce qui se passe encore, de nos jours, en présence des consuls de l'Europe civilisée. Une des choses que nous ne devons pas nous lasser de réclamer, au nom de la conscience humaine, c'est que la liberté religieuse soit rendue à ces malheureux que seule une heure de faiblesse a détachés extérieurement du Christianisme (Applaudissements).

LE CHATIMENT, LA SITUATION ACTUELLE

Messieurs, j'ai hâte d'en finir. Vous me demanderez qui a été puni, quels ont été les châtiments réservés à de pareils excès. Oh ! Messieurs, les prisons turques sont pleines, ces horribles prisons turques dont j'espère qu'aucun de vous n'a eu le malheur de visiter les infects cachots ; elles sont pleines, mais qui les remplit ? Est-ce les assassins ? Est-ce les hommes qui ont donné le signal du massacre ? Non, Messieurs, non : ce sont les victimes ou les parents et les amis des victimes, ce sont les chrétiens qui ont échappé au carnage ; ce sont les notables Arméniens qui, à prix d'argent parfois, ont pu sauvegarder leur vie et qui doivent répondre des troubles fomentés contre eux ; ce sont encore les malheureux paysans dont les villages ont été brûlés, dont le bétail a été razzié, et qui ne peuvent payer les impôts parce qu'ils ont été ruinés.

Voilà ceux qui sont entassés dans les prisons ; et par qui vont-ils être jugés ? Par des tribunaux recrutés chez leurs adversaires, composés de leurs ennemis, où siégeront ceux qui ont donné le signal de l'égorgement et marqué les premières victimes. Et quels seront les témoins entendus des juges, les témoins dont la parole sera reçue comme preuve ? Ce seront les Musulmans, les seuls Musulmans, c'est-à-dire généralement ceux qui ont pris part à la tuerie. Et déjà les dépêches nous informent que la justice suit son cours, et que les conspirateurs vont recevoir leur châtiment. Voilà, Messieurs, où en est aujourd'hui ce triste peuple arménien ; — là encore où le sang a cessé de couler publiquement, là où les massacres ont pris fin, car, en mainte localité, ils ont été à peine interrompus.

Que reste-t-il de ces Arméniens d'Arménie ? Il reste aujourd'hui, dans des contrées naguère florissantes, un désert dénudé avec des villages en ruines et des chaumières incendiées ; il reste des créatures hâves, amaigries, affamées, à demi-nues, ayant à peine conservé une forme humaine, qui errent à la recherche des débris de leurs maisons, souvent obligées de chercher un refuge dans la montagne ou dans les cavernes comme des bêtes sauvages, et pourchassées par la haine de leurs adversaires, de jour et de nuit comme des bêtes sauvages. Ce qui subsiste des Arméniens va périssant, tous les jours, car le froid, la faim, la misère achèvent impunément l'œuvre des égorgeurs.

Certains sages, de ceux qui ont toujours de bonnes raisons pour ne pas souffrir du malheur d'autrui, vous diront : « C'est leur faute : ce sont eux qui ont commencé. Ils n'avaient qu'à ne pas se révolter, ils n'avaient qu'à courber la tête, à subir les outrages des Kourdes et des Tcherkesses, à ne pas donner de tracas au sultan. »

Messieurs, alors même que les Arméniens auraient été plus témé-
raires ou plus coupables qu'ils ne l'ont été, car, sauf une ou deux
exceptions, ils n'ont nulle part pris les armes, ils n'ont nulle part
essayé de repousser la force par la force, je dirais d'eux un mot que
je rencontrais dernièrement dans une lettre de Renan : « En face
d'un massacre, je suis avec les égorgés contre les égorgeurs. »
(Applaudissements.)

J'ajouterai, Messieurs, que, lorsque nous prenons, en public,
devant des chrétiens et devant des Français, la défense de ces mal-
heureuses victimes, nous ne remplissons pas seulement notre devoir
envers les chrétiens d'Orient et envers la France, nous rendons service à la Turquie elle-même.

Car, Messieurs, il ne faut pas qu'on vienne ici nous accuser,
parce que nous dénonçons les crimes des brigands d'Anatolie, de
travailler à la destruction de la Turquie et de vouloir déchaîner sur
le monde une grande guerre européenne. Non, Messieurs, loin de
nous pareille pensée. Tout au rebours, il faut bien se convaincre
que le plus grand danger que puissent courir l'existence de la Turquie et la paix de l'Europe, c'est que de pareils faits se renouvellent
en Anatolie, ou dans d'autres contrées de la Turquie.

Toutes les populations chrétiennes de l'Orient ne sont pas aussi
délaissées et aussi peu accessibles que les Arméniens d'Arménie ; et,
lorsque le fanatisme ou l'orgueil musulman surexcité par l'impunité
de ces massacres voudra accomplir de semblables excès en d'autres
pays, chez les Bulgares de Macédoine, par exemple, chez les chrétiens
du Liban, ou chez les Grecs de la Crète, il se peut qu'il ne rencontre
pas, de la part de l'Europe, la même longanimité, il se peut que les
Turcs trouvent à qui parler. Voilà, Messieurs, le plus sérieux des
dangers qui menacent la Turquie, — et on le voit bien, aujour-
d'hui, par l'inquiétude qui gagne la Porte et l'Europe devant les
événements de l'île de Crète.

CONCLUSION. — QUE FAUT-IL FAIRE ?

Pour conclure, Messieurs, ce trop long entretien, — pardonnez-
moi d'avoir abusé de votre patience *(Non, non ! Applaudissements)*,

je dois me demander brièvement ce que l'on peut faire pour les restes de la race arménienne.

Que proposons-nous ? Réclamons-nous pour l'Arménie turque l'autonomie ou l'indépendance ? On a beaucoup parlé d'autonomie arménienne, et ceux qui en ont le plus parlé sont les adversaires et non les amis des Arméniens, car ils ont abusé de ce mot d'autonomie, pour indisposer, contre les Arméniens, les Russes, avec les Turcs. Demandons-nous la création d'un nouveau royaume des Bagratides ou des Lusignan ? Non, Messieurs, non. Une Arménie autonome, — j'en ai au moins la conviction, pour ma part, et je le déclare en toute sincérité, comme j'ai la loyale habitude de dire ma pensée en toute circonstance — une Arménie autonome n'est pas possible. Je ne suis pas de ceux qui ont la présomption d'engager l'avenir, mais, à l'heure actuelle, avec la répartition des forces en Europe, avec la division des races ou des religions dans les provinces orientales de la Turquie, l'autonomie arménienne est un rêve, — et pour ne rien cacher, je crois que c'est un rêve plutôt funeste aux Arméniens, car, encore une fois, on s'en est servi, contre eux, comme d'un épouvantail auprès de la Russie, menaçant les Russes de voir la future Arménie autonome attirer à elle leurs sujets arméniens du Caucase.

Mais de ce que l'on ne peut constituer une province arménienne autonome ou une principauté arménienne, s'ensuit-il qu'il n'y ait rien à faire? N'y a-t-il vraiment pas de milieu entre un royaume d'Arménie et le statu quo actuel?

Messieurs, entre ces deux extrêmes, il y a bien des termes moyens; la Turquie elle-même, avec la variété de ses institutions locales ou provinciales, nous en offrirait des preuves multiples. Il y a, par exemple, la constitution de la Crète, bien mal respectée, il est vrai, de la Porte; il y a aussi le statut du Liban. Nous pourrions trouver différents modèles, mais nous n'avons pas pour mission ici de fournir à la diplomatie ou à la Porte un plan de reconstitution. Tout ce que nous devons faire, c'est de réclamer la fin des atrocités qui déshonorent l'Europe devant le monde; tout ce que nous devons faire, c'est de demander à la Porte des garanties contre le retour de semblables barbaries.

Il y a, Messieurs, une base pour les revendications des Arméniens. Cette base, c'est l'article 61 du traité de Berlin;

l'article dont je vous ai donné connaissance. Ce que nous devons réclamer pour eux, c'est la sécurité. Ce mot, si simple, si modeste en Occident, dit beaucoup en Orient. Ce que nous devons demander, c'est le droit de vivre, le droit de travailler, le droit de conserver l'honneur de sa femme et de ses enfants, le droit de professer sa religion. Voilà, Messieurs, les droits et privilèges que nous osons réclamer pour les Arméniens. Vous voyez s'ils sont exagérés et s'ils sont révolutionnaires. C'est le minimum de ce que l'on peut demander, je ne dirai pas pour tout homme civilisé, mais pour toute créature humaine *(Applaudissements)*.

Voilà ce que nous demandons, et maintenant comment l'obtenir ?

Messieurs, il n'y a pas, sur ce point, d'illusion à se faire : il n'est qu'un seul moyen d'obtenir quelque chose de la Porte, et toute l'histoire de l'Orient montre qu'il n'y a pas deux façons d'assurer la sécurité des chrétiens de l'Asie-Mineure : il faut une intervention de la diplomatie et une surveillance des puissances *(Applaudissements)*.

Je n'ai pas à définir, ici, dans quelles conditions doit s'exercer l'action de la diplomatie et la vigilance des puissances. Je vous rappelle seulement que le traité de Berlin a prévu que, si les puissances ne surveillaient pas les mesures que la Porte finira toujours par promettre, rien ne serait fait, rien ne serait sérieux. Il faut choisir entre l'intervention de la diplomatie ou l'extermination des chrétiens. Nous devons nous persuader qu'il n'y a pas d'autre alternative ; c'est à l'Europe de montrer si elle regarde l'extermination comme une solution.

Messieurs, je tiens à le constater, de nouveau, en terminant, quand nous réclamons cette surveillance de l'Europe, qui est un devoir de l'Europe, puisqu'il s'agit pour elle de faire honneur à sa signature, nous travaillons dans l'intérêt de la paix européenne, et nous travaillons, encore une fois, dans l'intérêt de la Turquie elle-même. Nous travaillons dans l'intérêt de la paix parce que, si les massacres devaient se renouveler, ils finiraient par provoquer l'intervention de telle ou telle puissance, et, le jour où une puissance interviendrait, une autre pourrait vouloir prendre sa part des dépouilles de l'Empire ottoman, et il risquerait fort d'en sortir la grande guerre pour laquelle tous les Etats de l'Europe ne cessent de s'armer et que tous les peuples redoutent également. Nous travaillons, Messieurs, pour le maintien de l'Empire ottoman, pour que, selon l'expression de Metternich, le Turc reste, longtemps encore, le Sublime Portier des Détroits (*Rires*) parce que, si la Turquie n'est pas capable de maintenir la sécurité de ses habitants, la Turquie ne vivra pas.

Transportez-vous quelques années en arrière, remontez une ou deux générations, prenez un atlas, voyez quelle était la Turquie au commencement du siècle, voyez ce qu'elle est aujourd'hui. Que de riches provinces arrachées une à une aux exactions des pachas! que de pays successivement retranchés des domaines du Sultan! Et à qui la faute, Messieurs? Il faut bien le dire, la faute en a été, pour une bonne part, à la Turquie elle-même, parce qu'elle n'a pas su procurer à ses sujets les garanties indispensables à la vie et à l'honneur de l'homme. Si elle continue dans la même voie, si elle ne sait pas assurer aux chrétiens, particulièrement, la liberté et la sécurité, la Turquie perdra successivement toutes ses provinces d'Europe, toutes ses provinces d'Asie, si bien qu'elle finira par être détruite, morceau par morceau. A moins qu'elle ne soit dépecée d'un seul coup, dans un partage autour d'un tapis vert. Voilà ce que nous voulons éviter et à la Porte et à l'Europe; et pour écarter cette catastrophe, ce que nous demandons, Messieurs, je le dirai d'un mot, c'est une Turquie habitable, — une Turquie habitable pour tous, pour les Chrétiens comme pour les Musulmans (*Triple salve d'applaudissements*).

M. LE PRÉSIDENT. — Je crois répondre à votre sentiment, Mesdames et Messieurs, en votant des remerciements à M. Leroy-Beaulieu pour les paroles éloquentes et patriotiques qu'il vient de nous adresser (*Applaudissements*).

La séance est levée. (1).

(1) *Sténographié par Duployé Gustave, 36, rue de Rivoli.*

Paris. — Imp. Clamaron-Graff, 57, rue de Vaugirard.

www.ingramcontent.com/pod-product-compliance
Lightning Source LLC
Chambersburg PA
CBHW060844180626
46818CB00004B/1587